예술영화

예술영화

초판 1쇄 인쇄 2011년 06월 03일
초판 1쇄 발행 2011년 06월 10일

지은이 | 손현석
펴낸이 | 손형국
펴낸곳 | (주)에세이퍼블리싱
출판등록 | 2004. 12. 1(제315-2008-022호)
주소 | 157-857 서울특별시 강서구 방화3동 316-3번지 한국계량계측협동조합 102호
홈페이지 | www.book.co.kr
전화번호 | (02)3159-9638~40
팩스 | (02)3159-9637

ISBN 978-89-6023-619-6 03810

예술영화

손현석 시집

ESSAY

머리말

비가 내리지도 않았는데 2011년이 젖어 있다. 내가 벽 쪽으로 등을 돌린 채 한참을 잠자는 사이 감당할 수 없는 시간이 쏟아졌나 보다. 그 성분이 축축해서 지금까지 줄곧 입어왔던 옷을 다 벗고 햇볕 드는 마당으로 나가야 하는 것이다.

빨래 건조대는 체지방이 전혀 없이 방금 막 사막으로 돌변한 우리 집 화단에 두 다리가 붙들렸다. 5월이 불러오는 꽃향기를 잊을 수 없다. 그 속에서 젖은 옷이 마르기를 기다린다. 다 마르면 나는 이제 반대편 지평선을 향해 걸어갈 생각이다.

피라미드를 꿈꾸지만 지금 내 시야를 가로막는 건 허망한 신기루일 뿐이다. 이쯤 되면 손바닥을 들어 빈 손금을 바라보는 것이 당연하다. 다만 오던 길로 잘못 접어들지 않기 위해서 고요히 나를 지탱해준 이 시편들을 오직 가슴에 품고 싶다.

| 차 례 |

Part 03
내 경계의 사랑

Part 04
먼 마을의 손짓

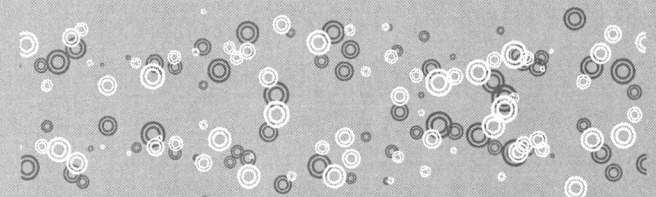

Part 01
_____

이미지의 계단

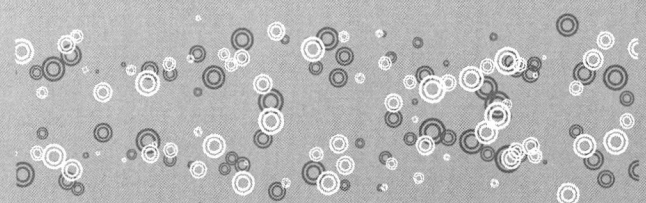

커피의 어깨

그녀와 나란히 커피의 어깨에 기댔습니다
맞은 편 벽에서는 인어가 돌다리를 보았습니다
중년 커플의 키스가 저토록 화사해 보였던가요
휴대폰에 아우성인 올드팝의 뗌틀입니다

그녀는 눈빛 아래 지중해성 손가락을 감추고
미칠 것 같은 지압을 대리석 기둥에 휘감는군요
어깨에 모락모락 돋는 음표가 커피를 휘젓습니다
이어폰을 나눠 꽂는 재즈풍의 무릎입니다

국화밭에서는 커피의 어깨에 엎드려야 합니다
무너질 것 같지만 허리 꼿꼿한 중년 커플의 키스는
망설이며 뒷걸음치는 그녀를 잠시 붙잡아 둡니다
별 하나가 그녀의 혀끝에서 사랑을 속삭입니다

바다의 허공은 젖는가

밤 10시는 빈혈의 보도블록을 밟고 바다로 간다
석류알처럼 터지는 포말의 요나가 고래를 붙들어
선창에 즐비한 횟집에 팔아넘기는 호객행위들과
쉴 수 있는 허공이 도마 위의 칼질에 조각이 나서
불 켜진 추억의 창을 입에 물고 기어이 투신한다

내 안에 빛나던 은하들이여
빛보다 더 밝던 어둠들이여
고래는 꺽꺽 트림을 하는데
요나는 욕망을 좇고 달아나
겨드랑이에 슬깃 돋은 비늘

가슴을 비집고 실밥을 게워나오는 상큼한 허공이
열쇠꾸러미처럼 바다의 육질을 열고 깊이 안기면
방향 없이 사정하려는 요나의 속옷으로 입 다물고
축축이 젖으련다 때론 씹기도 하면서 유리를 깨고
조고추상에 던져진 한 섬 고래고기 속의 저 바다

붉은 튤립

순교자의 피로부터 붉은 튤립이 피어난다
나는 핏빛보다 붉은 튤립을 본 적이 없다
몸 안에 튤립을 꽃 피우려 손가락을 따고
비오는 날의 체한 속이 값지게 흘린 피를
한 방울 최후의 만찬처럼 위장에 넘긴다

핏방울이 굴러가는 소리를 듣는다
빗방울 소리와 휘감기며 꽃을 잉태한다
씨를 뿌리는 행위는 하여간 감동이다
나의 발정은 언제 멈추었던가
생명처럼 아름다운 발정이 멈추자
온 세상은 꽃술로부터 청첩장을 뿌리고
나는 세상의 향연에 가난한 하객이 되었다
피보다 짙은 튤립이 내 몸을 뚫고나온다
한 송이 꺾어 축의금 대신 날려 보낸다

옥상에서

작은 흙상자에 서 있는 꽃을 보았다
밑이 콘크리트 바닥과 틈 없이 달라붙은
높이 10cm 가량의 위태로운 생명판에서
널어놓은 빨래 내음에 섞인 산들바람을
가는 눈으로 흔들리며 음미하고 있었다

나는 불현듯 방광에 전율을 느끼고 말았다
허리띠를 풀고 바지를 내리는 날렵한 동작이
그녀가 긴 머리를 뒤로 잡아 묶는 손놀림처럼
감각과 습관과 반사작용의 집약된 숙련에
바람의 결이 엉덩이의 골을 타고 흘렀다

좁고 얕은 뿌리로 흐적이며 서 있는 꽃의 자태는
바지를 내린 인생을 위태롭게 한다, 농염한 바람은
긴 손가락으로 은근히 다리 사이를 골고루 휘감고
나는 콘크리트의 세력이 잠식한 시간으로 굳어져
화석 같은 생녕을 기억 너머로 더듬기 시작했다

내 혈관의 가장 먼 지류가 발바닥과 달라붙은
고생대 너머에 살던 딱딱한 동물의 등을 파고들어
그녀의 가슴에 젖과 꿀이 흐르는 유선과 합류하고자
푸르게 뼈를 감춘 꽃은 민망한 나를 물끄러미 본다
우물 같은 골다공증이 굳은 꿈의 심장을 찌른다

어제

지나간 시간은 모두 어제
한 점 구슬로 사건의 지평선 아래 걸렸다
유년의 바다에 고개 내민 둥근 물고기
뭍으로 오르기 직전의 퍼덕거림처럼
산란한 알갱이 같은 기억의 어제
미끄러운 경계에서 발버둥친다

한 걸음 흐르는 순간
빛 이전의 속도로 휘감겨 사라질
그대의 눈동자로 둥그러니 떠 있는 어제
어깨가 빠지도록 손을 뻗지만
터지려는 부화의 욕정을 잡아채는 저 지평선
그대 검은 초점이 비껴간 어제

산책

우산을 접어들고 비를 바라보면
위장의 내벽에 물방울이 돋는다
오른발 엄지발가락이 안쪽으로 꺾여드는 건
비가 옆구리로 쏠리는 탓이다
왼쪽 옆구리는 자석의 불완전한 극성처럼
오목한 젖은 속을 애타게 끌어당기고 있다

이 간지러움,
아무리 떠돌아도 나를 나로써 수직으로 지탱하는
각질의 발목과 허물어진 무릎에 연고처럼 스며드는
저 비는, 귀를 열어 내 목소리 가까이서 진동을 한다
살아서 이렇게 떨릴 수만 있다면 어디든 데려가라고
앞뒤 없이 몸을 내던져 오히려 자유로울 수 있다며

무게 없이 딛는 땅과 사람들의 도시 사이에
벼랑처럼 위태롭게 안개꽃이 무성하고
비의 그물망이 흠씬 내려와 앉는다

거울

거울 앞에서 문득
거울 속의 나를 뚫어지게 바라본다
요절한 천재 시인 이상처럼
손을 내밀어 악수를 청하지는 않았다
거울 속의 내가 왼손잡이인 건 상관없다
차가운 촉감을 원치 않으므로
다만 이 정도의 거리에서 바라본다

시간이 흐르자 거울 속에서
나는 사라지고 젖은 듯 갈망어린 한 시선이
나를 향해 흐른다, 오래 잊은 담배를 꺼내 물고
깊이 들이켠 연기를 내뿜지만 그 눈망울은
어떤 말보다도 더한 의미를 담아내며
자욱한 거울 속에서 천천히 걸어나와
내게 손을 내민다

처음엔 당신이 건네는 그 손을 잡을 수가 없었습니다.
두려웠기 때문입니다. 이미 저 거울의 현실처럼 이만큼의
거리를 유지하는데 익숙해져 있기 때문입니다. 낯선 유리처럼
손닿으면 아픔이 생길까봐, 아파도 참아야 하는 나를 감당하기가
힘겨워서 당신의 손길을 애써 외면하려 했습니다. 그런 세월은

회전목마를 탄 듯이 원으로만 돌고 돌아 아무리 해도 당신에게서
멀리 떨어질 수 없다는 걸 알았을 때 통속적이지만 운명이라고
받아들였습니다. 운명을 생각하면 나도 모르게 숙연해집니다.
그러나 내가 운명이라고 여기며 내 생을 그 속에 던진 순간
당신은 내게서 손을 거두었습니다. 아마도 이것이 우리가
살아가는 아이러니이겠지요. 아이러니 속에는 상처가 있습니다.
가끔은 상처를 바라보며 쓴웃음을 짓기도 합니다. 남의 일처럼
관망하듯이 말입니다. 상처는 세월을 비정하게 만들지만 실은
세월다운 제 모양새더군요. 지금 이 순간도 무심한 시간은
흐르고 있습니다. 바람에 실린 세월은 아예 누워버렸어요.

거울 속의 나는 홀로 담배를 피운다
모락모락 김이 오른다
투명하지 않을수록 상대가 더 편해지는 건
거울 속의 나도 마찬가지다

캠퍼스 커플

동숭동 마로니에 측면으로
아름드리나무가 한 그루 있었다
학림에서 가끔 차를 마시고
그 나무 아래를 쉬어가곤 했는데
학창시절 어느 날 내 곁에 앉아 있었던
한 아이가, 불쑥 질문을 던졌다
저 나무에게 제목을 붙여봐
그 순간 내 눈에는 그 나무가
마치 액자에 걸린 그림처럼 정지되어
바람결에 잎사귀도 흔들리지 않았고
아무 소리도 들을 수 없었다
아주 긴 듯했으나 실제로는 아주 짧은
그 아이의 물음과 그 정지 사이에서
나는 나도 모르게 한 마디를 던졌다

시간!

그 아이는 아, 하는 탄성과 함께
고개를 돌려 내 옆얼굴을 보는 것 같았다
나는 명상이라도 하듯 잠시 멍했는데
그 멍했던 촌각의 의식에서 벗어나보니

어느 새 20년이란 지구의 공전이 있었고
쉼 없이 돌고 도는 땅 위에서
나도 돌아가고 있었다
함께 있던 아이 또한 돌고 돌아
스핀의 방향이 나와는 반대쪽이어서
마치 회오리바람처럼 사라졌다
나무도 사라졌을까
나무가 사라지면 시간도 사라질까
지금 내 곁에 있는 너도 그 아이처럼
사라질까

맨해튼의 어느 샐러리맨

내가 그를 불현듯 떠올린 것은
실로 이상한 일이다. 습관적으로 나는
밤늦게 혼자서 커피를 마시는데, 그날은
마치 누군가와 마주 앉은 느낌이었고
갑작스런 두려움이 숨 막히는 슬픔으로
나를 엄습했다. 그는 어디로 갔을까.

앤드류 맥비, 나이는 32세.
예일대학에서 인류학을 전공함.
항상 남들보다 한발 앞서 일한다는
성실한 삶으로 세계 경제의 심장부인
WTC(세계무역센터)에 5년 전 입성,
로우 맨해튼 선박회사의 남미수출팀
팀장으로 조기 승진, 장래가 양양함.

그의 출근은 회사조직의 일원이 된 이후
하루도 빠짐없이 규정시각보다 한 시간이
빠르다. 아무도 없는 조용한 사무실에서
하루의 업무를 구상하고 자신을 돌아보기
위함이다. 그는 아침 8시부터 9시까지의
한 시간이야말로 자신의 가장 소중한

묶이며 진정한 그의 인생이라 여긴다.
그날도 평소처럼 그는 WTC 북측 타워의
현관을 8시 10분 전에 들어섰다.
사무실은 90층에 위치하고 있어
초고속 엘리베이터로도 상당한
시간이 걸린다. 사무실 문을 열자
은은한 커피향이 코를 간지럽힌다.

여직원인 캐롤 양이 먼저 와 있다.
어쩐 일이냐고 가볍게 건네자 그녀는
계절이 바뀌는 선선한 기운에 일찍
잠이 깼다고 미소 지으며 대답한다.
그리고 그녀가 건네는 뉴욕타임즈를
받아들고 자리에 앉는다. 경제가 드디어
바닥을 치고 상승국면으로 들겠구나,
그는 올 하반기의 경기회복을 밑그림으로
오늘 하루의 업무를 점검한다. 30분쯤 지나자
직원들이 삼삼오오 자리를 채운다. 굿 모닝
인사를 나누는 분위기가 활기차다. 그는
직원들에게 신뢰 담은 눈인사를 던지며
노트에 미래의 계획을 부지런히 메모한다.

8시 40분, 캐롤 양이 다가와 상큼한 목소리로
그를 부른다. 커피 한잔 하시겠어요, 앤드류?
그제야 그는 아까부터 감미롭던 커피향을
기억해 내며 캐롤 양에게 미안함을 느낀다.
이미 준비하여 가져온 커피 잔을 그녀는
살며시 내려놓는다. 그는 그녀가 참으로
가지런한 여자라 생각한다. 자리에서 일어나
잔을 들고 창가로 다가서며 자신이 지나치게
일에만 빠져있는 건 아닌지 하는 감상적인
마음이 든다. 한 모금 마시는 커피가 머리를
맑게 한다. 어머니는 며칠 전에 근심스럽게
말씀하셨다. 이제 결혼도 해야지, 앤드류야?

브룩클린으로 난 풍경이 세수한 듯 깨끗하게
시야에 들어오고 아침햇살에 눈부신 물빛이
더욱 푸르다. 시계를 보니 8시 45분.
그런데 저기 저 비행기는 뭘까?
여객기인 것 같은데, 뉴욕에서 아침에
저공비행을 하는 여객기라니 참 생소하군.
아니 이쪽으로 날아오잖아?
그리고는 그 짧은 인식의 순간이 무색하게

그는 자신의 존재가 어디로 가버렸는지
알 수가 없었다.

내가 커피 잔을 내려놓았을 때
그는 이미 저 눈 시린 허공으로 사라졌다.
나는 그를 만난 적이 전혀 없지만
예고 없이 삶의 중도에서 흩어져버린
그의 영혼이 아프다. 동시대를 살아가는
생명들에게 상처 입은 사랑도 아프다.
그는 도대체 어디로 갔을까.

역전 다방

문을 열자 딸랑딸랑
종소리가 울린다. 어서 오세요,
입술의 근육만으로 인사하는
화장발 짙은 여자가
엽차를 소리 나게 놓는다.
문이 열리자 타닥타닥 짧은
바지에 슬리퍼를 끌며 들어온
여자는 보자기에 싼 보온병을
던진다. 티켓 팔았어 언니,
껌과 부딪히는 이빨 틈새로
누군가를 향한 욕설이
외마디로 낀 모습을 보이자
커피 주세요, 그는 황급히 숙여
출렁이는 엽차를 보며 주문한다.
프림이 둥둥 뜨는 잔의 외벽엔
때국처럼 한 줄 커피가 흐르고
얼룩진 스푼이 시체스럽다.
냅킨 좀, 그러자 짧은 바지가
부시시 다가와 옆에 앉는다.
미스 김이에요, 그는 미스 김이
참 많다고 생각한다. 폼 나게 뽑아 문

담배를 불붙이며 서울서 오셨죠,
남자는 모두 서울 출신임에
의심 없는 눈초리다. 한 잔 사 주세요,
그녀는 칡차를 시켰다. 마치 씹듯이
마시며 티켓 할 거예요, 물었다.
그는 고개를 서둘러 젓는다. 스푼으로
점점이 허연 프림도 저으며
여자가 숨 쉬는 담배연기를 귀로
듣는다. 한 개비 목숨 타는 시간만큼
가만 있던 여자는, 아까 그 자식
변태예요, 뜻 모르는 그의 눈이 여자와
마주친다. 느닷없이 여자의 눈에서
눈물이 그렁그렁 넘치려 한다.
식은 커피를 소주 털듯 목구멍에
서두르자 여자가 그의 어깨에 바싹
기댄다. 날 데려가 줘요, 만 원짜리의
거스름 할 겨를도 없이 문을 닫고
내처 달려 나온 거리에 딸랑딸랑
종소리가 여울처럼 미끄러진다.
그의 다리는 방향을 잃는다.

영통철학원

하루가 몸살처럼 지리하여
충동이 발을 이끈
영통철학원,
영 통하지 않을 건지
영원으로 통해버릴 건지
체념 같은 문지방을 넘자
온갖 방향에서도 눈이 맞는
선녀의 벽화,
생년월일 불러봐요
순순히 대자 휘갈기는
십간 십이지의 여덟 글자
고작 글자 여덟 개에
갇힌 운명이라니,
대운의 흐름이 바뀌려면
아직 삼 년이 남았으니 그 안에는
뛰어야 벼룩이요 날아도 영계이며
계란으로 프라이팬 치는 형국이요
음력 9월에는 문서로 손해 입고
11월에는 교통사고가 날 판이라
오행배합 식신상관이 어쩌고
인수가 없어 제 잘난 맛이 어쩌고

할 때, 선녀가 스르륵
옷을 벗는다.
부적을 써 드릴까
묻는 말은 벽화가 되고
선녀의 멱 감는 소리만이
나른한 찰나에 깃든
영원의 길로 날아간다.

칼

한낮의 도시는
내게 뭔가를 소망하게 만든다.

태양을 정면으로 본 건
행운이었다, 헤아릴 수 없는 머리와
머리들이 우글대므로 내 머리
하나 쯤 흔적이나 있을까.
걸음을 멈추자 밀물 같은 어깨와
어깨들이 나를 타박했다, 완전한 백색이
동공을 지나자 일순간에 심장이 얼어붙고
나는 최후의 갈망으로 손을 높이
뻗었다, 그러자 기적처럼 내 손에서
은빛 찬란한 칼이 눈부신 위용으로 태양을
밀었다, 그 반사의 광선이 낙진처럼
사람의 도시를 뒤덮자 무심하던
머리들은 일제히 나를 주목했다.
그래, 바로 이것이다, 삶은 한 순간의
주목을 위해 필요했다. 나는 두 손에 한껏
힘주어 칼끝으로 내 목을 향하게 했다.
비장한 눈빛이 한 번 움찔하면
짜릿한 내 목은 깊은 무의미에서

탈출하리라, 사람들의 비명과 나의 스산한
미소가 사선으로 부딪히며 번뜩이는 순간
그 칼 이리 줘요,
마치 정지화면처럼 굳어버린 세상에서
가녀린 한 여자가 눈물 같은 하얀 손을
내밀며 다가왔다.

한낮의 도시는
아무도 주연이길 원하지 않는다.

차이나타운

로만 폴란스키,
잭 니콜슨과 페이 더너웨이,
미스터리와 서스펜스,
영화 차이나타운의 삶은
끝나봐야 안다.

우리네 삶이
끝나기 전에는
지지리도 지지고 볶고
혹시나 행여나 졸이고 기대하고
감추고 속이고 꾸미고 가면 쓰고
속 쓰린 웃음, 거짓 울음,
칼질, 가위질, 톱질,
온갖 발버둥으로 생산하는
허영의 희망, 쉴 새 없는 허기.

스페셜 프라이드 라이스,
완탕 수프와 싱가폴 누들,
가장 싸고 가장 불친절한
런던 차이나타운의 왕케이에서
삶을 논하는 자여 웃기지 말라는
주방장의 칼놀림은, 삶을 넘어
끝을 모르는 양파를 썬다.

죽음과의 체스

잉마르 베리만을 읽다가
서울 하계동의 어느 병실에서
하얀 벽지처럼 굳어 있던 어머니를
생각한다, 죽음은 창백하다.
젊음의 베리만 앞에 체스판을 내밀며
응수를 묻던 죽음에게
어머니는 너무 순진했고 베리만은 아직도
장고 중이다, 삶도 창백하다.
내 얼굴이 광대와 해골을 섞어
검은 도포로 뒤덮은 죽음을 닮아가고
마주 놓인 체스판을 바라본다.
십자가와 스테인드글라스의 환영 사이로
냄새처럼 반야심경이 떠돈다.

로트레아몽처럼

헐벗은 존재가
선량할 수 있을까,
사랑하는 여인은
배반을 잉태하고
죄를 범하려는
은밀한 욕망,
괴로우리라
키스하고 싶은 목에
날선 손톱을 찔러
뛰는 피를 마시니
죄는 성스럽구나,
그 어지러운 달콤함이
영혼의 목구멍으로 흘러
어리석은 양심을 적시고
타락한 기도를 노래한다.
아아, 헐벗은 존재여
창백한 위선으로
어찌 용서를 구하리!

명계남 식으로

명계남 식 분류법에 따르면
한국영화는 꼭 두 종류라 한다.
명계남이 출연한 영화와
명계남이 출연하지 않은 영화.

그런 식으로 세상을 보면
세상도 꼭 두 종류다.
내가 아는 사람들이 살아가는 세상과
내가 모르는 사람들이 사는 세상.

이렇게 말하면 그럴싸하게
이쪽과 저쪽의 비중이 엇비슷해 보이지만

명계남이 아무리 땀나게 출연해도
명계남이 출연하지 않은 영화가 수만 배 더 많고
내가 제 아무리 잘났다고 설쳐대도
세상에는 나를 모르는 사람늘이 수천만 배 더 많다.

그저 명계남 식으로 이 세상에서는
자신을 위로하며 슬쩍 웃으면 그만이다.

파리의 하늘 밑

성큼 걸어서 파리에 간 기분인데
실은 네가 삼킨 담배연기의 시체가
둥둥 떠다녀서 내가 잠시 헛것으로
된 탓이고 팔을 옆으로 뻗으면 꼭
그 만큼의 벽, 살이 닿아도 모자란
세월에 너는 줄기찬 청진기를 대며
내 배꼽의 심장을 탐색하기에 그만
로댕의 조각으로 변하여 샹젤리제를
산책하니 파마한 강아지가 얼굴에
침을 뱉질 않나, 숨 쉬며 여행하기가
피곤하지 않았던 기억을 기억 못해
나도 담배의 시체를 뿜어 너 또한
헛것으로 만들어야 했어.

놀이터

하늘을 가린 고층 아파트 사이에서
한 떼의 아이들이 놀고 있다
이따금 차들의 험한 질주가 위태로워도
곡예처럼 익숙하다, 그들은
바퀴에 깔린 고양이를 끌고 다니며
즐겁다, 즐거움에 넘쳐 어떤 아이가
고양이의 목을 빨랫줄에 넌다, 다른 아이들도
넘치는 즐거움에 박수를 친다

잠자는 이 땅의 사람들에겐
추억이 필요하다

얼굴 없는 하루

친구가 술을 데리고 동침한 새벽 감시자는 철로에 깔린 자갈을
던져 비 맞은 구름 끼고 번지는 노을처럼 꿈에다 파문을 일으
켰다 부디 저의 마음 안에 평온을 주시어요 술은 허리를 힘껏
젖혔지만 쫓기는 자에겐 꿈마저 날카로와 이불을 박차고 사방
의 벽이 안으로만 밀려온다 손톱을 세워 깨어진 유리창을 딛고
나선 어둠에다 유년의 꽃 한 송이 찍어 바르는 잠시 별은 너무
먼 곳에 있어 저의 마음 안에 부디 자유를 주시어요 술이 제
스스로 취한다

전환을 꾀하는 힘찬 방뇨가
망나니 같은 자동차에 깔려 질식할 즈음
감시자의 과녁이었나 별은 깨어지고
술이 더욱 흐느끼며 목덜미에 입술을 댄다
저만을 사랑해 주시어요
별의 순교로 움트는 죄악의 아침
친구가 술을 데리고 깊이 동침하려는 아침

예술영화

이번 작품의 가장 야심찬 의도로써
카메라의 이동을 관객이 전혀
감지할 수 없도록 해야 함.

감독의 큐 사인이 떨어지고
방 한 가운데 놓인 싱글침대 위에서
하얀 시트로 하반신만 살짝 덮은 남녀가
애무를 시작한다. 그들은 누워 있지
않고 앉아서 마주보며 눈부신
서로의 나체를 아주 천천히
쓰다듬는다. 남자의 손길이 여자의 머릿결을
타고 내려와 귓불을 거쳐 입술에 머물고
여자의 오른손은 한동안 남자의 심장이 있는
가슴에 머문다. 남자의 손가락이 아래로 흐르며
여자의 봉긋한 가슴을 회전하자 여자는 얼굴을
흔들며 남자의 목에 입술을 댄다.

천천히, 최대한 천천히!
감독의 주문은 동시녹음 탓에 그야말로
긴장한 보디랭귀지이고 촬영기사의 등줄기에
땀방울이 흐른다. 눈으로 전혀 감지할 수 없는

카메라의 이동, 그 상태로 침대를 한 바퀴 돌아
처음의 자리로 돌아오면 촬영이 끝나며
아무런 편집 없이 그대로 끝이다.
자연스런 원 씬 연기의 호흡을 방해한다는
감독의 판단으로 음악이 삭제되고 창문도 닫혀
스텝들은 숨죽이며 붐 마이크로 달려드는
배우들의 즉흥적인 호흡만을 주시한다.
시나리오엔 대사가 한 줄도 없다.

오로지 눕지 말라는 것, 눕게 되면
예술이 사라진다. 마주보고 앉아서 손과 입과
얼굴과, 그리고 마주 닿아 있는 무릎 사이의
공간으로 최대한 몸을 움직여 사랑의 율동과
떨림과 극치를 표현해야 한다. 감독의 신념은
비장했다. 촬영 후 조감독이 물었다. 감독님,
에로영화와 예술영화의 차이가 뭡니까?
감독이 즉각 째려보며 말했다.
너는 여태 보고도 모르니?

에로영화

일생을 예술영화 제작에만 투신하겠다고
고집해 오던 감독은 급기야 극심한 재정난에
봉착하여 잠시 신념을 접기에 이르렀다.

무료한 토요일 오후를 서성이던 K씨는
영화광고 포스터의 자극적인 제목에 솔깃하여
극장에 들어섰다. 어색한 커플들이 산발적으로
붙어 앉은 사이를 비집고 자리를 잡자 곧 스크린에
핑크빛 빛줄기가 흐르고 K씨는 저도 모르는
기대감에 마른 침이 꼴딱 넘어갔다.
첫 장면은 자막으로 처리되었다. 스크린을 꽉
채우며 한 단어씩 서서히 페이드 인 아웃되었다.

진정한 에로영화는 상상 속에서만 가능하고
'빅 클로즈 업'은 바로 거기에 이르는 길이다.

스타일은 여전히 변함없어 감독은 여기서도
음악을 배제하고 있었다. 침묵 속에서 시야에
가득 떠오르는 '빅 클로즈 업'이란 자막 탓으로
K씨는 어떤 기대감에 사로잡혀 긴장을 하듯
자리를 고쳐 앉았다. 자막에 이은 첫 장면에는

남자의 얼굴이 그야말로 '빅 클로즈 업' 되어
스크린 밖으로 삐져나갈 것 같았다. 그 얼굴
위로 주파수 소음이 약간 섞인 라디오 방송이
들렸다. 무슨 소린지 알아듣기가 힘들었다.
5분이 그 상태로 지나자 K씨는 이 독특한
첫 장면에 어떤 대단한 복선 내지 의도가
깔려 있을 것이라는 짐작이 들었다. 드디어
다음 장면이 컷 편집되어 나타났다. 이번엔
여자의 얼굴이 스크린에 터질 듯이 완벽하게
'빅 클로즈 업' 되어 있었다. 주파수가 다른
곳으로 돌아가는 소리가 감지되었다. 그 상태로
또 5분이 흘렀다. K씨는 이 상징적이고도
난해한 처음 두 장면이 잘 이해되지 않아
자신의 수준을 질책했다. 그 다음에 이어지는
장면은 또 앞서의 그 남자 얼굴이었다.
여전히 가공할 그 '빅 클로즈 업'은 지속되었다.
그렇게 5분 간격으로 다시 앞서의 여자 얼굴이
나타나고 또 남자의 얼굴이 반복되었다.
마침내 1시간 30분이 지나 영화가 끝났다.
K씨는 자신의 반응을 어떻게 보여야할지 몰라서
주변을 주섬거리며 둘러보았다. 여기저기서
눈이 마주치는 사람들이 꽤 있었다.

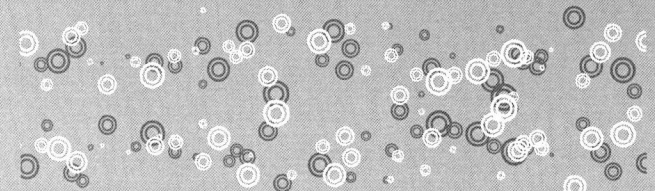

Part 02

늦은 오후의 거리

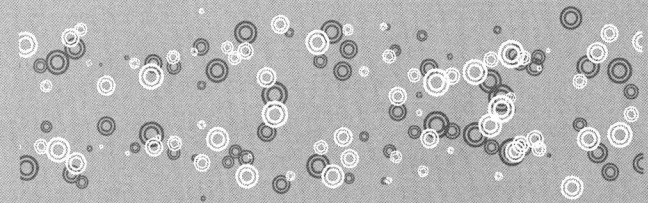

도시

.
.
.
.
.
.
.

길 가다가 갑자기 멈추면
뒷사람이 부딪힌다.
맞은편에서 대각선으로 오는 사람은
불안하지 않은가!

통로

머뭇거리다가
늦은 전화를 보낸다
열흘 전쯤의 그대는
비디오를 종일 보았는지
충혈된 목소리를 되감고

아침, 출근하는 귀 속으로
지하철이 달린다
검은 동굴이 관통하는
빈혈의 머리

날마다 낯선 사람들은
엉덩이가 부딪혀도 신문을 보고
은밀한 망상만이 웅크리는
텅 빈 금속성의 하루

그 보도 위에서
망설이는 전화를 보낸다
어디로 갈지 몰라
어제 새벽의 그대는
안개 낀 꿈의 초인종을 누른다

소나기

낮은 데로 임할수록
눈시울이 뜨거울까
오래 참은 마음을 끝끝내
감추지 못한 하늘이
오후 5시를 걷는
내 머리를 적신다

젖을수록 젖지 않는
내 마음은, 얼마나 걸어야
낮게 드리울 수 있을까

레스터 스퀘어

그 거리에 발 디디면
온 몸이 분말가루로 흩어진다.
바람에 날리는 무수한 리듬
뒤엉켜 불협화음인 사람, 새, 낙엽,
그 속의 내 미세한 입자들.
의식은 어지러이 머리카락을 풀고
한없이 작아서 눈물조차 추억을 잊는다.
어느 담벼락에 붙어서
구겨진 초상화로 태어날까!
잠자는 벤치에서 살찐 다람쥐는
연신 시간을 갉아먹고, 구멍이 뚫려
속이 훤한 세상 저편으로
너의 손이 흘러간다.

코벤트 가든

그 입구에서 은색 페인트를 고루 입은
사람 같은 인형, 동전이 뒹구는 소리에
인형 같은 사람이 되는 이상한 인형.
누구나 입구를 통과하여 노래가 되고
마술이 되고, 마침내 사람과 인형의
껍질에서 벗어나기 위해 동전을 던진다.
재킷 포테이토를 먹는 사람이 인형이거나
무지갯빛 비눗방울을 부는 인형이
사람이거나, 아무도 자신의 정체를 모르는
의심스런 평화, 그 어깨를 만지며
총탄에 뚫린 존 레논이 Imagine을 부른다.
여전히 동경스런 몽환의 마을에서
비둘기가 내려와 발등에 찍고 간
뜨거운 피, 곧 증발하기에 와락 안기는
동그란 체온의 그리움,
나는 인형이 아니다.

워터루

그 길목에 내리는 비는 늘 아픈 소리를 내고
비명과 신음이 엇갈리는 소리를 내고
나는 내 키보다 훨씬 높은 유리벽으로
고막을 틀어막는다. 산등성이 같은 어깨 사이로
삐죽 내민 눈알이 투명한 정적을 감시하며
양수를 유영하듯 꾸물거리는 측면으로
인도 계통의 우울한 여자가 바닥을 닦는다.
오노 요코의 엉덩이가 씰룩이는 TV와 허리 감고
매일 오후는 댄스의 오르가즘에 부르르 떨고
시계가 고장 나서 템즈 강도 거꾸로 흐른다.
쇼팽마저 허망한 담배를 안개처럼 뿜으며
텃세가 범람하는 강가에 기대어 ABBA를 듣는다.
당신에게 사로잡혔어요, 사랑해 줘요, 워터루,
그 길목에서 비는 결코 그칠 생각이 없고
너는 나를 생각할 리 없고
당당한 기차의 고함에 벙어리가 된
늙은 홈리스의 피리 소리를 바라본다.

너의 캠브리지

젊은 날의 사진 속에서 너는
웃고 있었다. 여간해서 내게
보이지 않던 석류 같은 미소가
눈 푸른 잔디밭에 싱싱했다.

어젯밤 나는 몰래 골목을 빠져나간
나를 뒤쫓았다. 빠른 대기의 흐름이
구름을 걷어가 소름처럼 예민한 별들은
일제히 나를 지목했다. 뒷머리가 따가운
나는 주위를 살폈다. 언제 배경이 바뀌었는지
숲이었다. 아름드리나무 아래 한 눈으로도
안타까운 여자, 그 어깨를 쓸며 뛰어가는
나는 빅토리아 코치 스테이션에서 방금
편도 티켓을 꽉 쥐었다. 캠브리지는
끝없이 푸른 들판을 밀어내며 다가와
여자의 그리움을 달래고, 더 이상 나를
뿌리치지 않았다. 뒤쫓던 나는 까닭 모르게
흐르는 눈물을 훔치며 사진 속 너의 옆에
앉는다. 저 멀리 킹스 칼리지의 이마가
새벽노을에 부딪혀 너의 캠브리지는
나의 애를 태우는 불길이 된다.

지하철 9호선

방금 유리창에 얽힌 등 뒤로 긴 그림자가 너를 안고 달린다
땀을 흘리는 기색은 아닌데 내 목덜미에 연기가 흩뿌려지고
강물에 떨어지기 직전인데도 차마 뒤돌아보지 못하는 팔뚝,
나는 무심히 수심 백 미터를 가볍게 내려앉아 소리를 듣는다
쇠바퀴가 물컹대는 액화된 대기 틈새에 너는 기포로 날리고
초전도체의 날렵한 몸매로 유성처럼 달아나는 습한 율동에
넋이 풀린 자맥질은 개체의 땀구멍을 실없이 막을 뿐이다

순환선인가, 종착지를 알 수 없이 저온 동물 같은 꿈틀거림,
냉랭한 투명함이 마스크로 되어 얼굴을 깔끔하게 가린 촉감,
납작 엎드리고도 마치 구걸하듯 두 손을 모아야 하는 창문은
열리지 않는다, 눈발이 거세게 접히기 때문이며 너의 체온이
격자로 겹친 쪽방 거미줄로 방금 달려간 그림자에 손을 붙여
그 배꼽을 간지럽히며 웃고 있는 기괴한 영화를 깔고 앉는다
강 건너 야구장에서 장외 홈런을 날린 쇳덩이가 발을 덮친다

후설의 가설

감정을 삭히고 나서 말해야지, 벼르고 있다가
감정이 삭을 즈음 무엇을 조목조목 따지려 했던 건지
그 조목조목들이 기억나지 않는, 간혹 기억나는 것들은
이제 와서 따져 뭣하나 싶은 혹은 따질 마음이 흐지부지된,
그러니 감정 덩어리인 일상의 쥐뿔도 아니게 사는 행위는
대상도 없고 나도 없는 것이겠지, 라고 생각하다가
그래, 생각하다가, 생각이 뭔지 생각을 하다가
생각하는 과정의 생각하는 대상조차 모르겠다

세상의 모든 현상에 대해 생각하기를 멈춰라
내가 이 케케묵은 '판단 중지' 선언 앞에 잠시 멈춘 건
모르게 된 생각의 본질이 잠재한 뭔가가 결코 아니라
펄펄 뛰던 '감정'이 어디로 갔는지 몹시 궁금해서다

노을이 켜지고

오후의 안색이 창백해질 무렵
익숙한 길 위에서 길 잃은 내가 서 있다.
갓 퇴원한 입원환자처럼 비틀거리며
멈춰 앉은 버스에 올라 덜컹이는
기억 속으로 떠난다.
모든 것이 변했다.
왜 이 길은 비포장도로가 되어
내 정신을 흔들고
나는 환상조차 품을 수 없는가.
이대로 가면 어디에 닿을지
불규칙한 바퀴는 앞을 볼 수 없다.
병든 버스에서 떠나야 했을 때
꽃을 붉게 만드는 노을이 다가와
혀 내밀어 내 목을 핥는다.
두렵게도 나는 애무를 기다렸다.
어딘지 모르는 내 존재의 위치를 조롱하듯
음울한 그 찰나의 쾌감 속에서
영원의 잠으로 떨어지고 싶었다.
그러나 순식간에 어둠이 내리면
기억은 프라이팬에 떨어진 계란처럼
깜짝 놀라며 제 모습을 바꾼다.

너무 어두워 너무 밝은 순수한 공포!
잘못이 아니었는데도 나는 떨고 있다.
나를 잃어버린 길에선 결코
스스로를 보호받을 수 없다고
바람이 속삭인다.
마음 가는 곳으로 자유롭기를 원한다면
바람이 되라고 내 손을 잡는다.
잡을수록 안을수록 아무것도 없어
나는 눈을 감고 다시 노을을 그리워한다.
두려운 노을을 그리워한다.

늦은 오후의 거리(1)

파란불이 켜졌다
사람들이 움직인다
이쪽과 저쪽으로 가는 방향들이 서로 부딪힌다
유리창 너머는 시각에 비해 소리가 멀다
사람들의 발길이 고요하게 분주하다
나는 머물러 있다
시간의 외부에서 기타소리가 들린다
언젠가 길에서 기타교습소 간판을 보았다
어제는 '피아노의 숲'이란 애니메이션을 보았다
피아노가 기타 선율로 내 귀를 휘감는다
알함브라 궁전의 추억이 아니라
엘리제를 위하여
기타가 흐느낀다
나의 엘리제
아, 나의 엘리제
사랑하는 나의 엘리제
너의 상념에 시간의 외벽이 무너진다
창 밖의 보도 위에 강아지 한 마리가 걷는다
목에 리본형 줄을 묶고 여자를 앞서서 끌고간다
여자는 젊고 눈부시다
저 강아지는 여자를 사랑한다

강아지의 마음은 온통 여자에게 사로잡혔다
여자가 동행하는 목적은 무엇인지 모르겠다
나는 내 목을 한번 만져본다
식은 커피를 한 모금 마신다
빨간불이 켜졌다
사람들이 멈춰섰다
내 생의 빨간불이 커피를 따라
식도를 따라 내장을 붉힌다
멈춰서야 했다
아픈 속…

늦은 오후의 거리(2)

남자는 영혼의 안식을 주는 여자를
떠나지 않는다
여자는 현실의 안정을 주는 남자를
떠나지 않는다

길을 가다 마주친 꼬마아이가 원을 그린다
재미있나 보다
재미가 있었다
그래, 그렇게 놀았다
주변을 의식하지도 않았다
배고프지 않으면 멈추지도 않았다
과거가 현재를 덮치는
이런 일이 발생할 줄 무의식은 예감하고 있나

기억은 미꾸라지처럼 꿈틀댄다
여자를 사랑했다
사랑하고 사랑했다
내 안에 여자의 현실이 있음을
종교처럼 믿고 살았다
그런데 그 다음은 확신할 수 있나
여자가 꾸는 현실의 꿈속에 들어가 보았나

나는 다만 우연의 산물이고
미래는 현재의 시간 축에 머무르지 않는다

나이 먹기 두려운 아이는
빙글빙글 뱅글뱅글
돌고 도는 원을 그린다
해가 저무는 줄도 모른다

늦은 오후의 거리(3)

서녘 노을이 등나무 줄기에 타고 오른다
사라지기 직전의 태양은 열정 그 자체다

길모퉁이 저 편에서 누군가가 고래고래 소리를 지르고 있다
행색이 남루한 중년의 남자가 헝클어진 머리를 채찍질하듯이
앞뒤로 심하게 흔들면서 왜 전화를 안 받냐 이 나쁜 년아 카악
목청을 있는 힘껏 빼어들고 칼날처럼 독기 어린 한을 뿜는다
지나가던 사람들은 대체로 한심하다는 듯 혀를 끌끌 차거나
어떤 이는 사소한 인생 하나 또 뒹구는군 피식 웃기도 한다
남의 실연은 이 시대에 최소한의 동정도 받을 만하지 않다
오죽 못났으면 또는 재밌네 저 사람 또는 시끄럽구먼이다
내가 앞으로 다가섰을 때도 목청은 줄지 않는다 나쁜 년아
죽일 년아 왜 전화를 안 받냐 눈을 요리조리 피하며 고함친다
얼굴엔 거뭇한 때가 얼룩져 있고 옷도 헤졌으며 꾀죄죄하다
저기요 아저씨, 나는 갑자기 용감해져서 말을 건넨다
그러자 욕설을 덧붙인 목청이 더 날카롭게 높아진다
동공이 풀린 듯 자칫하면 내게 주먹을 휘두를 기세다
이미 정신이 반쯤 나가 있어 나는 움찔 뒤로 물러난다
잠시 동안 물끄러미 이 불쌍한 중년의 남자를 바라본다
횡단보도 건너로 경찰 두 사람이 움직인다
공공장소에서의 고성방가는 범죄행위던가

잠시 후 경찰에게 양팔이 붙들려 끌려간다

등나무 줄기마저 노을을 거부하면
그 다음은 만신창이가 된 어둠뿐이다

늦은 오후의 거리(4)

당신이 떠난 이후로
이곳의 시계는 거꾸로 흐르기 시작했습니다
하루가 지나면 어제가 앞서 와 기다리고
이틀이 가면 그제가 마중 나와 있었습니다
이 겨울의 눈이 아무리 발 저리다 해도
미끈한 나체처럼 미래의 속이 훤히 다 보이는
신통함을 안겨주고 당신은 떠났습니다
떠났으므로 다시 다가옵니다
겨울 다음에 가을이 오고
가을이 가면 여름과 봄이 올 것입니다
목 놓아 기다리지 않아도 당신은 전화를 걸어
밥 잘 먹었냐고 몸조심 하라고 염려하겠고
때때로 애틋한 정서를 담아 사랑한다고
언제까지라도 곁에 있을 거라고
눈망울에 우주를 담겠지요
그런 당신이 내일과 내일과 또 내일에
무슨 말을 들려줄 지 너무도 잘 알고 있답니다
다가올 사연이 당신의 손가락처럼 내 뺨을 만지고
당신의 입김처럼 내 영혼을 절절히 흡입합니다
흐르는 시간이 이토록 설레던가요
당신이 떠난 이후로 이곳에는

시계가 거꾸로 흐르는 이곳에는
하얀 첫 사랑의 라일락 꽃 향기만 가득합니다
한 발 앞서 바라보는 당신의 눈부심이
살아갈 날들의 황홀한 촉감입니다

늦은 오후의 거리(5)

발아래가 꺼져 버리면
벽에라도 기대야겠는데
벽마저 허물어져 버리면
손에 잡히는 지푸라기도 없이
손 내미는 바람 한 자락도 없다면
추락인가…

점심을 건너뛰고 너덧 시간 지내다보면
의지와 무관하게 위장과 근력에 공허가 든다
내가 나라고 인식하는 정신이라는 건 그다지
미덥지가 않다, 한 끼 음식이 모자란다고
휘청거리는 땅바닥이라니
먹이를 찾아 산기슭을 어슬렁거리는
하이에나의 목구멍이라니
큰길가의 패밀리 레스토랑을 곁눈질하며
슈관이 된 김밥천국으로 발을 들여 놓으면
당연한 물통과 주방의 칼질 밑바닥으로
하루의 삶이 윤회하는 지친 공복
뒤로 물러나고 싶은…

늦은 오후의 거리(6)

횡단보도를 건너다
뒤에서 누군가 나를 부르는 소리가 들려
흠칫 놀라 뒤돌아본다
내가 아니다
나는 그대가 나를 불러주길
짧은 시간에 건너야 하는 차도 위에서조차
기다리고 있었던 게다
뒤돌아보면 뒤돌아서 사라지는 그대의 환영
오래 붙들고 싶었던 게다
조금 더 지체하면 승용차의 번호판이
세월에 늘어진 내 복부를 찍어
나는 잠시 허공과 일체가 되겠지만
성미 급한 경적이 멀리 간 내 정신을 부른다
감각기관을 깨우는 날카로움
그대 사랑의 날카로움
서둘러 건너간 횡단보도 위에
10초 전의 내가 복부를 연 채로
죄수번호 같은 낙인을 안고 뒹군다
그대 향기는 매연으로 뒤덮이고
어린 연인들이 장난치며 뛰어가고
나의 숨이 멈춘 자리를 밟으며 끝없이 돌진하는

저 축제 같은 생명들의 향연

그대 웃음소리

즐거운…

늦은 오후의 거리(7)

가로수여
현실이 사랑보다 강하다는 말에 속아
엄동설한에 외투도 없이
떨고 서 있구나

그토록 겪고 싶던 갈망을 겪고 나서
기력이 소진한 너는 이제
무엇을 깨달았느냐
바다 저편의 노랫소리가 들리느냐

눈이 없는 가로수여
이제는 마를 눈물조차 없구나
너로 인해 증발해버린 아련한 옛 사랑은
얼어버린 혈관 어디에 남았느냐

내 너를 부둥켜안는다
내 눈물 한 방울 너의 가슴에 적셔
앙상한 생기를 주려고
회한의 오열을 주려고…

늦은 오후의 거리(8)

핸드폰을 바라보며 문자를 보낼까 망설인다
이럴 때면 한결같이 촛농이 흘러내리듯 그렇게
세상이 녹아내린다, 상가와 오피스텔과 아파트가
붉게 푸르게 노랗게 허물어져 땅 속으로 줄줄 흐른다
낯선 사람이 내 어깨를 치더니 나를 흘겨보며 지나간다
나도 모르게 또 우두커니 멈춰 섰나 보다
새 한 마리가 문자를 보내지 말라고 한다
왜 저 새는 작고 희고 투명할까 생각한다
낯선 사람이 내 가방도 치고 가며 핸드폰 대화에 정신없다
느닷없이 나도 식욕을 느껴보고 싶어진다
몇 자 찍다가 망설이던 문자를 집어먹는다
식은 허가 잘근잘근 씹혀 기도로 넘어간다
실밥 터진 가방이 책 하나를 툭 토하자 땅바닥이 생긴다
니체는 1889년 투린에서 쓰러져 1900년까지
세상에서 잊혀진 폐인으로 지냈다, 이런 하필이면
잊어진 책의 페이지가 니체라니, 그를 경배하는 자여
폐인이 되나, 너를 경배하는 난 소크라테스의 발톱인가
내가 누구죠, 너 자신을 아는 초인이여?
지금 보내고 싶어 하는 이 문자를 보내지 않으면
무슨 일이 생길까요, 생겨야 할 일이 안 생길까요?

늦은 오후의 거리(9)

세상의 빛이 사라지기를 기다려
구르지 않는 돌에게도 안식을
불지 않는 바람에게도 날개를
그리고 나는 함부로 뒹굴어
헤진 채 너를 비켜 가려네

먹다 만 빵
커피 담는 손
휴지 없는 화장실
모자 틈새의 머리카락
둥글게 오므린 입술
파란색 펜의 글씨
길을 잃은 빛
씻긴 스푼
걸레질
카메라
환한 정지
회전하는 지구
유리로 된 벽의 목례
턱에서 떠나려는 눈물방울

새로 산 책의 겉표지에 씌어져 있다

진정 사랑한다면 당신 앞을 막아설 운명은 없습니다

어쩌라고…

늦은 오후의 거리(10)

절에서 절을 하다가
누군가를 위해 빌지 말아야 할 것을 빌어 보려다가
몸이 달달 떨려와 신발 고쳐 신고
몇 걸음 터벅터벅 걸으니 차들이 빵빵 달린다
요즘 절은 산 속에 있지 않다
경제는 이념을 앞질러 저승조차 윤택하게 하는가
절밥은 아무리 먹어도 배가 안 부르네 생각하다가
호주머니에 손을 찌르고 교차로에 선다
누군가가 내 옆에 서 있다
내게 말을 건다
손잡고 싶어
자세히 보니 한 때 나를 사랑했던 여자다
나는 호주머니에서 손을 빼지 않는다
길 건너지 말고 안아줘
신호등의 빨간불은 고장 난 것 같다
파란불로 안 바뀌네
너도 안 바뀌었어, 그대로야
문득 한 발짝 옆으로 비켜 자세히 안 보이고 싶어진다
찬바람 같은 마음인데도 갑자기 한 마디 묻고 싶어진다
나를 왜 떠났니, 라고 입술을 움직이려다 그만 둔다
너를 너무 사랑해서, 미래가 두려워졌어

묻지도 않은 대답을 잘도 한다

달콤한 거짓말

달콤하게 젖은 눈동자

아직도 너를 안을 때의 그 속살 느낌이 생생해

신호등이 정말로 고장났나 보다

나는 고개를 돌려 사거리 교차로의 다른 편을 본다

그쪽도 빨간불이다

차량 진행 신호등으로 눈길이 간다

이상하다, 모두 빨간 불이다

한번만 더 만져보면 안 될까

왜 파란불이 안 켜질까

뒤돌아 절이 있는 방향을 바라보니

천수경이 화염처럼 하늘로 치솟아 오른다

번뇌무진서원단, 번뇌무진서원단

관세음보살의 엷은 미소가

배꼽 아래로 흘러내린다

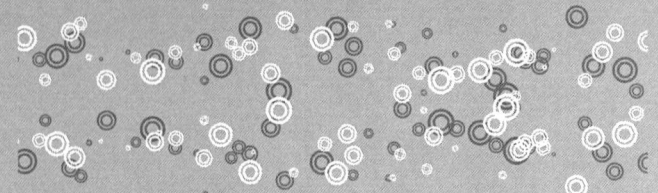

Part 03
_____

내 경계의 사랑

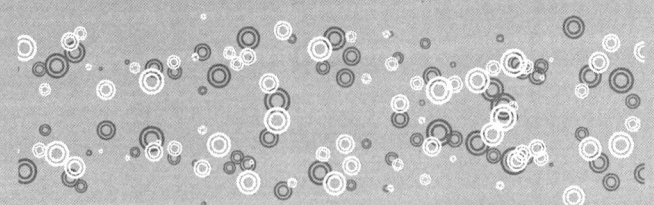

이별하는 이유

사랑에도 진도가 있다.

때 맞춰 다음 페이지로
넘어가지 못한 우리는

훗날 단지
아름다운 사람이었지
회상할 뿐일 테고

피부 속 잔털 아래
예민한 세포들조차
안타까운 관능의 갈망을
까마득히 잊을 테니

우린 너무 의지에
사로잡혀 있었구나.
찻잔이 놓인 거리만큼
마주 보던 날들의 페이지는
엎질러진 물에 젖고

단단히 너만을 붙들고 있었구나.
단단히 나만을 붙들고 있었구나.

사랑병

너를 만난 뒤
내가 사라졌다

너의 뜻에 따라
내가 살아난다

나를 봐 달라고
꽃을 내밀고

가까이 와 달라고
편지를 건네도

장미는 뱀이 먹고
사연은 불에 탔다

나는 세수를 못하여
너를 볼 낯이 없다

숯덩이 된 가슴 탓에
거울에도 내가 없고

푸석 부서지는 심정이
몹시도 당황스러워

너의 뜻에 매달리려
주저앉아 무너져도

너는 노을이 되어
먼 산을 넘어간다

유유히 끌리는 옷자락
붉은 뺨에 스치며 간다

사랑, 잠시 후

공허를 파이프에 꾹꾹 눌러 담아
성냥불을 붙인다

깊이 들이켠 투명 연기
그 입자들의 소요가 위장의 점막에 안착한다

성냥의 모가지가 툭 떨어질 즈음
어찔한 속쓰림이 말을 지껄이기 시작한다

지금부턴 속지마
지구는 둥글지 않아

마지막 남자

더 늦기 전에
그대의 발길을 돌려주리
전화도 편지에도
아무런 반응 없이
가을이 오기만을 기다려
낙엽 밟는 길 위에
기억 하나 떨어지고
그대의 가슴도 식으리니
세월이 감겨주는 머리에
맑은 눈이 깃들어
내 방식의 이별을 기뻐하리

그러나 그녀는 나를 비겁하다고 여기며
분명한 정리를 위해 마지막 만남을 제안했다.
오랜만에 그녀를 다시 만났을 때 내 마음은
흔들리며 정말 비겁하게도 내가 그녀의
마지막 남자이길 바라고 있었다.

한 때 우리는

한 때 우리는
세상이 아득한
석양의 언덕에서

연인인 줄도 몰랐습니다.

가난한 사람의 집과
좁은 문과
맹인의 사랑을 얘기하며

연인인 줄도 몰랐습니다.

하늘 밑으로 떨어지는
가을빛 바람 따라
코스모스 잎새를 날리며
꼭 잡은 손에 변치 않을
두 마음을 알면서도

연인인 줄을 몰랐습니다.

흔적

담벼락이 얼마나 단단한지
오클라호마산 토네이도가 태평양을 다 집어삼키고도
그 앞에서 한 발짝도 못 움직이네

너의 흔적
골목 끝으로 휘돌아가는 그림자
색 바랜 책 냄새

측면 얼굴로 곧추 서서
지구가 산산조각으로 터져 잔해가 어둠에 녹아버려도
유유히 그만큼의 공간을 채우며 걸어갈

진공을 튕기는 발소리
굽은 그물처럼 등 뒤로 흐물거리며 퍼지는 눈길
신경 줄기를 찌르는 기억 세포의 분열

쉰 목의 메아리는 증식을 거듭하여도
속눈썹조차 꿈쩍 않는 담벼락
너의 흔적

잠실 연가

지하철 출구 왼편에
롯데월드의 열린 입,
제 발로 먹이 되듯 들어가는
사람들의 쉼 없는 무리가
그 입 속에 넘친다.
상대적으로 밀려드는 허기,
출구 맞은편 롯데월드의
만 분의 일도 안 되는
가게에서 컵라면을 시켰다.
유리 건너 만찬처럼 넘쳐나는
사람들과 설익은 면발을
번갈아 보며 멍해지고
나는 약속도 없이 기다리는
그녀를 생각한다. 그녀는
혼자서 자위하는 남자를
이해할 수 없다고 했다.
비좁은 통로를 주섬거리며
노인이 들어선다. 그 역시
컵라면을 시켜들고 조심스레
앞자리에 앉는다. 조금 더
좋은 걸 드시지, 노인의 생이

국물에 어리자 나는 바깥으로
고개를 돌린다. 세상은 고요히
정물화처럼 걸려 있다. 이미
내가 살아버린 시간을 걷거나
살아갈 시간에 분주한
사람들이 멈춰버린
유리 저편과 이쪽의 차이,
내 생은 그녀의 창 밖에 멈춘
외로운 풍경이었나 보다.

크리스마스 이브

하늘의 별들이 취할 무렵
너와 마주한 카페의 음악 아래로
검푸른 시간이 흘러내렸다, 흐릿한
시야를 쓸듯 젖은 안경의 렌즈를
문질러야 했다, 너의 앞에서
아무 것도 볼 수 없는 내 뺨을
만져줄 수 있는지, 너의 손끝에서
너의 영혼이 묻어날 것 같았기에
테이블로 넘치는 시간은 어둠이었고
상심이었고 영원으로 달리는 쓸쓸함이었다.
우리는 잔을 부딪쳤다, 애틋한 눈길이
잔과 잔 사이를 오갔으나 더 이상
말이 없었다, 마치 발아래가
깊은 두려움의 절벽인 양
조그만 몸짓조차 위태로웠을까,
너의 어깨에 쏟아지는 별빛이
고개를 숙였다, 한번만이라도
너의 하얀 어깨를 쓸어
너의 별을 안을 수 있다면….
다시 부딪히는 잔속으로 나의
그리움은 침몰하고 무심한 택시는 너를

신고 떠났다, 출렁이는 밤의 도시에서
나는 너의 눈사람을 기다렸다, 기다려도
오지 않음을 알기에 나의 텅 빈 기다림은
너와 함께 어둠을 달리고 있었다.

잃어버린 입

할 말도 없던 차에
차라리 잘 되었지.

면도를 하려다 밤사이
깨끗하게 양쪽 볼의 살과
똑같아진 입을 본다. 입술의
경계가 완벽히 허물어진 미끄러움.
눈과 코만 보이는 얼굴의 기형보다도
면도가 이리도 수월하고, 달려 있던 탓에
움직이며 어떤 소리를 내야만 한다는
강박관념도 가볍다. 내내 자리했던
대충의 위치에 립스틱을 발라
흔적은 남겨두자 웃는데도
웃지 않는 솔직한 무감각.

할 말도 없던 차에
차라리 잘 되었어.

수평선

지금 수평선을 바라보고 있지만
지금 수평선을 바라보고 있지 않을 것이다

수평선이 눈에 보이거나 보이지 않거나
수평선은 사람이 속한 세계의 하늘과 바다를
경계에 돋은 푸른 핏줄기로 영원히 가른다

지금 그대를 바라보고 있지만
지금 그대를 바라보고 있지 않을 것이다

그대가 눈에 보이거나 보이지 않거나
그대는 내가 속한 세계의 빛과 어둠을 끌어안고
살갗에 돋은 푸른 핏줄기로 영원히 흐른다

그대를 그대라고 느낄 때 이미 그대는
늘어나는 맥박의 거리로 수평선이 되어 있다

시간의 붉은 가지

내 마음에 그대가 범람할 때
속에 가득 차서 넘친 줄 모르고
밖으로 흘러내린 그대만을 보았네

그대 떠난 뒤
성장을 멈춘 시간은 팔을 뻗으려 수천수만의
앙상한 가지로만 그대 그림자를 손짓하네

바깥세상의 그대가 마르고 말라
흔적 없이 증발하고 지워진 후에라야
내 마음 가득 찬 그대를 알아차릴까 보네

그대 떠난 발길에 톡톡 터지는
붉디붉은 시간의 알갱이
온 산의 새들이 퍼덕거리듯 튀어오르네

바다와 나비

너에게로 들어선 순간
고막이 멈춘 듯 세상과의 소통은 고요히 지워져
시간도 방향도 좌표도 사라지고
축축한 무중력

내 날갯짓에
저 수평선이 다가와 줄까
자잘한 떨림의 갈증으로 무수히 애원하지만
저만큼 늘 그만큼의 거리

속 색깔이 아프구나
날개로 가릴 수 있는 눈물이 아니었어
한번 젖고 나니
온 몸이 검게 멍든다

내가 없으면

내가 없으면
구름은 구름대로 있고
내가 없으면
나무는 나무대로 있네

파도에 밀려가는 바다소리가
지평선으로 들리더라도
흔쾌히 맞을 준비에
분주함도 없고

비 내리는 마당에서
소 한 마리 풀을 뜯네
눈 덮인 산마루에
새 한 마리 장난치네

내가 없으면
고요한 그늘에 기댄 햇살처럼
너는 너대로 그냥 있고
꽃은 꽃으로 그곳에 피네

내가 있어도

내가 있어도
너는 너대로 있네
거리의 길목과 교차로
횡단보도와 좁은 산책길
우연히도 마주치지 않을 곳에
너는 너대로 있네

점심 먹는 식당
간간이 들르는 편의점
주말을 보내는 서점
옷가게, 꽃집, 커피숍
어디에도 흔적 없는 너는
어디선가 너대로 있네

바람이 불어와도 체취가 없고
머리카락을 깔리도
새 옷을 바꿔 입어도
가끔 까르륵 소리 내어 웃어도
만질 수도 볼 수도 들을 수도 없는
너는 너대로 있네

아침 7시의 핸드폰 알람
지하철 세 번째 칸 세 번째 출입문
머그컵 가득 물에 섞인 커피믹스
달걀 토스트와 딸기 우유
인터넷 신문과 즐겨 듣는 노래
신작소설 몇 페이지 읽다가

돌아보면 늘상 같은 하루
누구는 풀처럼 태어나고
누구는 새벽처럼 사라지는데
길을 걸어도 눈시울이 젖어 와서
계절의 등 뒤로 숨는 내가 있어도
너는 그냥 너대로 있네

짝사랑(1)

그녀는 키가 작았다, 키 작은 그녀는 나에게 어울렸다,
나는 그렇게 생각했다, 그녀는 키 작은 남자를 좋아하지
않았다, 나는 키가 작았다, 그녀의 눈엔 내가 보이지
않았다, 그녀가 그럴 거라고 나는 생각했다.

키는 늘어나지 않았다, 늘어나지 않았으므로 그녀에게
나를 보여줄 수 있는 방도가 없었다,
나는 그렇게 생각했다.

잠 속의 내 그림자는 언제나 길다.

짝사랑(2)

그녀는 나에게
나보다 먼저 말을 걸어왔다.
그것이 내가 그녀를 사랑하게 된
원인이다.

우린 우연히 옆 자리에 앉았고
교양영어 시간이었다.
그 사전 좀 빌려줄 수 있니?
현기증처럼 그녀의 목소리는
내 젊음의 10년을 어지럽혔다.

요즘은, 먼저 말을 거는 여자가 흔하다.

짝사랑(3)

그녀는 달빛
내 어둠의 향기 따라
밤바다에 손 내밀면
손가락 사이로
물보다 더 미끄러이 멀어지는 감촉
넋 놓고 바라보는 수평선 아래
하얗게 흩어지는 얼굴

내 몸이 차지한 공간의 서글픔

짝사랑(4)

멀리 기차가 달린다
그 안에 내가 있다
어쩔 수 없는 속도에 점점이 멀어지는
슬픈 눈의 나를 본다

멀리 기차가 반대편으로 달린다
너는 그 안에 있다
끝내 뒷모습만으로 점점이 멀어져가는
그리움의 기적소리…

평행한 운명은 만날 수 없다

짝사랑(5)

꿈을 꾸네.
한낮의 소음과 내 앉은 유리창 사이로
빈 도시락이 달그락 소리를 낸다네.
그 아이는 길의 대각선 반대편에서
시선을 외면하며 담벼락에 붙어 걷고
일생이 한 순간의 햇살로 지나간다네.
다시 길에는 내가 서 있고 맞은편에서
걸어오는 그 아이는 또 다른 아이의
손을 잡고 내게 손을 흔드네. 아무도
흔적을 남길 수 없는 길이 나를 없애고
꿈은 자꾸만 깊어지려 하네.

담벼락엔 낙서처럼 그 아이가 그대로 있네.

짝사랑(6)

하나를 주면 하나가 오고
둘을 주면 둘이 온다
일대일 대응은 쓸쓸하다
하나도 안주면
하나도 안 오기에…

너의 길목에서
당연한 기다림을 앓으며
앞서간 너의 발자국을 만진다
내가 던진 표정 위로
꼭 그만큼만 반사되는
너의 차가운 여운…

마음은, 정확한 거래가 아니다

짝사랑(7)

오래 바라보기 위하여
설움처럼 북받치는 직설화법을
꾹 삼킨다, 뜨거운 단어들이 가슴 속에
들끓어 갈증이 심하다
사랑한다, 사랑한다 솟구치는 목젖의
타는 진동에도 묵묵한 입술은
지그시 눈을 감고 의미 없는 사람의 얼굴로
스친다, 오래 바라보기 위하여
날마다 냉수를 마셔야 한다

짝사랑(8)

승부가 결정된 경기였다. 예측할 필요도 없이
시작부터 우리는 '급'이 달랐다. 더불어 '격'도
달랐으므로 나의 결함을 스스로 잘 알았고
감추기 위한 위장술조차 더욱 불리한 판정을
재촉하는 요인일 뿐이었다.
잘 가리라, 너의 소망처럼 사뿐히 떠나는 길 저편에서
배필 같은 연인이 기다릴 터이고
나는 결코 술잔을 기울이지 않으리니,
내 기억에서 후회의 단 한 방울도 흘리기 싫음이라
슬픔의 단 한 방울도 간직하고 싶음이라

짝사랑(9)

촛불 아래
밤 새워 쓰지 못한
편지를 읽고 또 읽다
촛농처럼 무너지는 마음.

붉은 새벽이 두드리는
창 밖 어딘가에
우체부가 스치는 자전거 소리
그을음에 날리는 아득한 소리.

짝사랑(10)

천천히 사랑하렵니다.
너무 느려 당신이 눈치 챌 수 없도록
나무의 발걸음으로 사랑하렵니다.
그리하여 소리 없이 당신 앞에 선 나를
먼 시간 지나 들키렵니다.
놀라지 않게, 잠시 기다린 손님처럼
차 한 잔의 느낌으로 들키렵니다.
그리고는 내내 휴일의 아침처럼 편안한
당신의 일상이고 싶습니다.

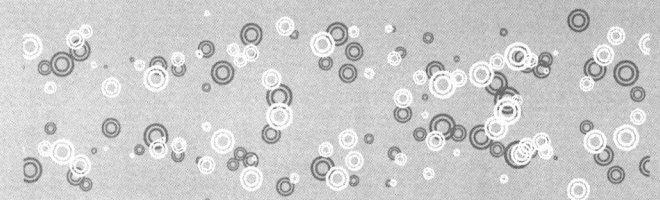

Part 04

먼 마을의 손짓

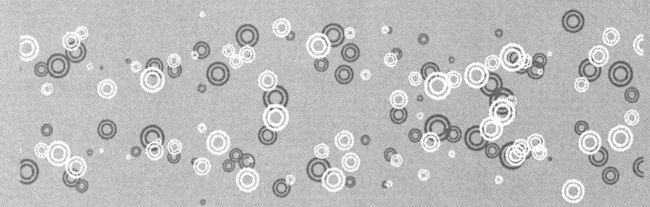

빈 방

1.

아이는 잠결에 엄마의 가슴을 만진다.
엄마는 천정 너머 어딘가에서 물끄러미
허물어진 벽과 빛과 아이의 꿈을 본다.

2.

믿을 수가 없습니다. 그 후로 어머니는 한 말씀도 없으시고
밀납 인형처럼 뽀오얀 얼굴로 걸음 없이 이리저리 다니세요.
말을 걸려 해도 시선이 자꾸만 나를 관통해 버리지요.
차마 입이 떨어지지 않아 망설이는 사이 바구니를 끼고
땋은 머리 찰랑대는 여자아이가 쑥인지 냉이인지 열심히도
캐는군요. 함께 호미질 하던 친구가 무너진 살림에 울며
떠나던 굽잇길을 석양처럼 바라보기도 합니다. 부엌에는
두 팔이 버거운 무쇠 솥도 있고요. 주걱으로 휘휘 밥을 푸는
여자아이는 잠깐 동안 처녀가 되어 물동이를 이고지고 오네요.
마을에 하나뿐이던 샘에서 나도 목 빼어 물을 마십니다.
벌써 해가 저물어 엄마는 동네방네 나를 찾습니다. 어린 것이
물에 빠졌대요. 엄마는 웁니다. 우는 어머니 달래며 떠나는
서울 가는 길. 대학 가는 아들의 머리를 만져보며 손 흔들고

다시 석양이 됩니다. 믿을 수가 없어요. 그 후로는 저렇게
버선발도 안개 같아 하얀 보폭을 가늠할 수 없으니까요.

3.

아이는 잠에서 깨어날 줄을 모른다.
엄마는 아주 오래 전부터 아주 먼 훗날까지
은은하게 바라보기만 할 뿐이다.

봄꽃

한 때는
눈부신 슬픔이 있었네.
그 뒤로는 달이 기울어
꽃은 그림자 속으로만 피고
잘 가라고 손 흔드는 어린 날의
어머니는 눈물을 그치지 않네.
어머니, 저 바람인가 이 호흡인가
어디에도 그 모습뿐인 나날이
흐르고 흘러도 끝이 없고
창틈을 비집고 드는 촘촘한
세월의 압력을 감당하기 어렵네.
차들이 하나 둘씩 떠나는 주차장에
산책 나온 갓난아기가 아장아장
풍선을 흔들고, 구름도 멈춘 자리에
햇살조차 정지된 빛으로만 서 있고
어디선가 들리는 노래를 듣네.
그리 높지도 낮지도 않은
빠르지도 느리지도 않은
노래를 듣네.

여름비

촘촘하게 땅을 잡는다.
내 얼굴을 잡는다.
땀구멍의 벌린 입이 막혀
죽음은 어디로 스며드는지
얼굴인지 땅인지
마냥 흐른다.

흐르다가 녹는다.
한 줌 연기로 체념하며
녹일 것 없이 녹는다.
시작은 있었으나 끝을 몰라
검게 못 박힌 하늘의
살타는 냄새여!

가을비

달리는 차 안에서
비를 맞는다

열려진 창으로
비스듬히 대기를 뚫는
바늘 같은 비,

냉정하게 지난 계절의
터진 상심을 봉하고
떠나간 여자의 손톱처럼
차갑게 뺨을 찌른다

상기한 얼굴의 가로등이
고개 숙여 훌쩍이는 곁으로
누군가가 깊이 젖어
흠칫 놀라 고개를 들면

나를 떠나버린 내가
백미러 속에서 멀어지고
가늘게 가늘게 빗금을 그으며
추억조차 깁는 솜씨,

외로운 홍엽이
비에 꽂힌다

오랜 비

창 밖에 들리는 비,
창문을 열면 밀려드는 비,
멀리서 외로운 자동차가 미끄러지고
눈을 감으면 속옷까지 젖은 샹송이
포도주가 추락하는 잔으로 스민다.
잔 속으로 외줄기 붉은 길을 따라
신비로운 여자가 걸어가면
허물어진 벽으로 낡은 문이 열리고
문 안에서 바람이 분다, 거친 바람은
항변할 틈도 없이 살아온 날들을 지우며
기차에 실려 밤길을 떠난다, 문득 한 발의
총성이 검은 은하계 저편으로 날아가고
창문을 닫아도 들려오는 비,
너의 목소리를 닮은 비,
깊은 잠이 그립다.

가지 않은 길

우린 서로 마주보며
한동안 같은 길에 서 있었네
그러던 사이 가을빛에 눈감은 낙엽과
하얗게 키 자란 지붕들이 떠나고
손 내밀어 잘 가라던 입술 위에
너의 눈물이 투명했었네
그 자리가 삶의 갈림길이었음을 알았을 땐
이미 긴 시간이 흘러 있었고
모든 것이 변한 만큼 나도 변했다네
살아갈수록 쓸쓸함은 물처럼 흐르는데
너는 지금 어디서 무얼 하는지
다시 돌아가 너의 눈물 닦아줄 수 있다면
아, 너는 나의 가지 않은 길이었어
가지 않은 길이었다네

구름다리의 약속

이삿짐을 싸다가
먼지 덮인 색 바랜 책을 보았네
궁금한 마음에 넘기는
책갈피 사이로 꽃편지지 같은
쪽지가 얌전히 있었네
무얼까 읽어가던 내 눈은
놀라움에 커지고 깊이를
알 수 없는 세월의 구멍으로
빠져드는 것 같았네
어디서 어떻게 살더라도
10년 후 오늘 해질녘
다시 만나리 바로 이곳
구름다리 위에서
이름 없이 적힌 10년 후의 날짜는
바로 어제였고
내 가슴에서 발 아래로 떨어지는
심장의 둔중한 소리가 들렸네
10년은 짐작처럼 짧지 않아서
세심한 기억을 자꾸만 방해하고
아득한 회상만이 날리고 있다네
누구였을까, 그 사람은

어디일까, 구름다리는
문득 저무는 노을을 등에 지고
쓸쓸해했을 한 사람의 그림자가
절망처럼 나를 덮었네
날마다 기다리는 해야 할 일들과
넋 나간 듯 막연한 성취를 애태우며
잊고 사는 무엇과
잃어버린 무엇을
알 길이 없었네
낮게 드리운 하늘로 잠시 고개 들어
창을 열자 밀려드는 축축한 바람
비가 올 것 같았네

지난 날

밤하늘이 검은 물결로 출렁이며
새 한 마리 풍덩 떨어지자 낼름
파문도 없이 삼켜버린 입 다심에
내 몸 또한 아득히 빨려들고 나면
저렇게 흔적 없이 검은 고요일 뿐
술잔을 나누며 즐겁던 친구들은
어디로 갔을까, 물구나무를 서니
발아래 바닥 모를 어머니의 품이
눈을 감는다.
눈을 감으면 지난날들은 얽히어
어제와 십 년 전이 같은 얼굴로
꿈과 혼재되어 분간할 수 없고
국민학교 4학년 때 죽은 동욱이는
대학교 4학년 때 죽은 지연이처럼
내 가슴에 살아서 여태껏 살아
살아서도 못 보는 사람들과 같이
늦은 버스에 몸을 싣는다.

잘 모르는 그의 일기

그는, 유치원을 못 다녀서 유치원에서는 뭘 배우는지 모른다.
그는, 국민학교 아니 초등학교를 나왔지만 기억이 잘 안 난다.
그는, 중학교에서 뭘 배우긴 한 것 같은데 그저 가물가물하다.
그는, 고등학교를 회상하면 몸의 어딘가에 통증이 되살아난다.
그는, 대학교에 다니고 있을 무렵엔 그곳을 쓸모없이 여겼다.

그는, 이제 그의 첫째 아이를 초등학교에 보내고
둘째 아이를 유치원에 보내게 되었다.
그는, 아이들에게 많은 것을 바라는 자신을 느끼지만
정작 진실로 뭘 바라는지 알지 못한다.
그는, 아이들이 자라서 자신과 같은 길로 가지 않기를 바라지만
스스로가 아이들을 어떤 길로 몰고 가는지 도무지 모른다.
그는, 매 순간 자신이 옳다고 어떻게든 위로하며 살지만
옳은 것이 과연 무엇인지 전혀 알 수가 없다.

노인의 초상

노인의 얼굴을 보면
사람이 다른 사람만 같다.
내 얼굴도 세월에 깎이어
저리 될 줄을 조금도 모른다.

노인의 굽은 등이 단단하게
곧은 나의 기세 앞에서
너무나 약하지만, 내 등이
더욱 굽을지 알기가 어렵다.

한 노인에게 소원을 묻자
오래 사는 것이라 했고
또 한 노인은 십 년만
젊었으면 좋으련만 했으니

세월 따라 외모가 바뀌어도
사람의 가슴엔 똑같은 온도의
피가 흐르는 것이고, 힘없이
흐린 눈에 체념이 맺혀도

노인의 입술은 진실하다.
기운이 적어 허튼 소리를
넘치게 늘어놓지 않으므로
내 입술과는 확실히 다르다.

광화문의 꿈

광화문 네거리서
잠을 잤더니

밑동 굵은 나무가
용솟음 치고

삼각산에 절하는
바람 소리가

하얀 옷을 걸치고
농무를 추네

에헤라 그리워서
춤사위 틀면

가마솥에 김새는
정다운 부엌

어머니 물동이에
목마른 낙엽

누나들 방에서는
야릇한 냄새

처마에 매어달린
옥수수 아래

쉬어 가는 계절이
졸기도 하고

창호지 문풍지가
달랑거릴 때

자동차가 내닫는
바쁜 소음에

놀라 깬 네거리엔
빌딩이 솟아

먼발치 숨어가는
바람을 보네

밑동 잃은 나무의
방황을 보네

개그 콘서트

이웃에 어떤 할머니가
오래 전부터 살고 있었으나
어제서야 알았고

그 할머니 28세 때
딸 셋 아들 하나 두고
남편이 중풍에 쓰러졌는데

그 남편이 그로부터 40년이 지난
올 초에 돌아가셨다니
눈물조차 앙상하여

일요일 밤 한가한 차림으로
개그콘서트를 보는 나는
즐거운 생을 소파에 앉히고

할머니의 난감하던 젊은 날을
망연히 TV 보듯 하는데
밤하늘이 아파트 벽에 부딪히누나

잠 못 이루며 살기에만 급급하던
할머니의 굽은 밤이 먼 시간을 건너와
유리창을 녹이며 흐르고 흐르누나

당신의 의미

술 취한 노래방에서
그녀는 그를 향해, 아니 그 뒤의
벽에 엉키는 흐린 시선으로 부른다.
당신, 사랑하는 내 당신,
둘도 없는….

흘린 땀이 아까워도
가는 여름을 잡을 순 없고
고통은 바람처럼 오는 듯 가니
이제 아침상을 물린 그녀는
3년 전 혼자되신 어머니를
물끄러미 바라본다.

돈과 별

사는 목숨과 꿈꾸는 생의
터무니없는 간격,
남 좋아하는 일에는 돈이 있고
나 좋아하는 일에는 별이 있다.
돈을 구하면 별은 멀어지고
별을 구하면 돈이 달아나니,
목구멍에 거미줄은 없을지언정
땅에 발을 디딘 자는
워낙에 가련하다.

이 밤, 저 하늘 별들을 모두 따서
사람의 통장에 넣어주련다.

조그만 그대

흔들리는 구름 한 점으로
온 하늘 가지런히 길 잡아주길
늘 떨리는 자그마한 그대 가슴은
온 세상을 품으려 소망하여라

꿈으로만 서 있는 아름드리나무도
어린 새의 목소리에 문득 깨어나
놀라운 가지의 눈을 부비듯
그대 앉은 책상의 백열등 줄기
외로이 타올라 정성으로 키워낸
밤의 대지 어딘가에서 태양은 영글고
내일의 새벽이 돋아나온다

한 송이 꽃으로도 온전해질 들녘이라
깊은 밤로 믿음 다져 별에 새기면
민 곳에서 찾아오는 인내의 결실
그대 소망 비가 되어 땅을 적시리

늘 떨리는 자그마한 그대 가슴엔
세상의 강물소리 맑게 흐른다

수선화

수선화가 그리운 길
산은 구름을 인 채 엷은 얼굴로
굽이쳐 달아나고

산보다 앞서가면 만나리라
쉴 틈 없는 발걸음을 물끄러미 바라보는
바람 속의 잎새

산은 언제나 먼저 떠나고
가쁜 숨으로 잠시 앉은 호수 위에
하늘을 뿌리는 빛

무수한 반짝임이 눈부셔
눈 비비는 틈으로
하얗게 펼쳐지는 수선화 꽃밭

종이비행기

어렸을 땐 지상에서
하늘을 향해 꿈을 날렸다.
고개를 들어 기우뚱 떠오르는
세상을 보며 함박웃음을 지었다.
전봇대에 걸린 제비와
초가지붕 위의 마른 고구마도
꿈 따라 떠오르고
세상이 모두 나보다 커서 나도 모르게
내 입은 경이로운 탄성을 흘렸다.
세월이 흘러 내가 날린 꿈은 어느새
하늘에서 지상으로 떨어지고
나는 발아래만 쳐다본다.
세상은 더 이상 신비롭지 않고
고개를 들지 않아서 편하다.
언제 나의 머리 위로
하늘이 있었고, 구름이 있었고
작은 새의 속삭임이 있었던가….
비 내리는 지상의 마을에
종이비행기가 떠내려간다.
함박웃음 소리가 물에 잠긴다.

이른 산행

간밤에 눈이 그리도 내렸건만
산사로 난 돌계단에는
비질의 흔적조차 없어라

솔가지 사이로 잠자던 목탁소리가
새벽녘 더운 입김으로 일어나
부지런한 손님을 맞으려 애썼구나

고요를 뛰노는 어린 산까치
가지들의 겨드랑이에 날갯짓을 하면
파르르 간지러운 눈가루에 실려
산의 미소가 마을로 간다

뉘 집 아이의 옹아리일까
발아래 구르는 물소리는
그리고 저기 저 감춰진 대지의 온기는
어느 여인네의 젖가슴인가

그 많던 싱아

누가 다 먹었을까
한쪽 벽면에서는 2011년 겨울의 금들이 판화처럼
앙각으로 목을 빼들고 뻗쳐오르는데
햇살의 차량은 질주하는데
살아있는 것들뿐인데

경험과 지혜를 참기름 짜듯 방울조차 다 흘려도
이해할 수 없는 세상, 그 한복판에 터널을 뚫고
지팡이 없는 그림자 하나 걸어간다
발을 떼면 번지는 화선지의 묵향
눈물 맛에 절여진 그 많던 싱아

누가 다 먹었을까
모눈종이 같은 이 거리는 1970년과 얼마나 다른가
반대편 벽면을 예리하게 가른 핸드폰 목소리가
시돌리 끊는 신호음 끝자락에 어지러울 때
이제사 몰래 삼키는 싱아가 목에 걸린다

…故 박완서님을 아린 가슴으로 보냅니다

골목

도토리나무, 신갈나무, 밤나무의
가지를 베고 뿌리를 자르면
생명이 멈추지 않을까

내 팔 다리를 자르고 머리를 베면
당연히 생명이 멈추지 않을까
생명이 멈추면 죽음일까

죽은 나무에게도 수명이 있었다
표고버섯의 종균은 토막으로 잘린 나무 몸통에서
소녀처럼 싱싱하게 자란다

그 골목, 죽은 나무의 기묘한 사랑은
위로를 기다리지 말라며 몸통만 남은 나를 떠밀어
의연히 생사의 외줄에 홀로 선다

…김 숨의 〈간과 쓸개〉에서 위로를!

질투는 너의 힘

더 이상 어린 날의 놀이터는
천진하지 않았다. 해맑은 웃음이
메아리치던 사람의 하늘은
어디로 갔을까.

아주 오랜 시간이 흐르고 나면
당신의 기억은 먼지에 갇혀
그토록 찾아 헤매던 사랑을 알기 전에
단 한 번도 당신 스스로를
사랑하지 않았다는 것조차 모르리라.
그 많은 일기에 버려진 종이들과
종이들에 구겨진 질식들아
답답한 가슴마저 희망인 줄 알았으니
어둠으로만 향하는 개들의 짖음에
떠밀리듯 눈물의 열차는 영영 떠나고
다시 헤는 날들이 허공에 흩어진다.

돌이켜 보아도 당신을 지탱했던 열정은
질투뿐이었구나, 그러니
기우는 그림자여 이 밤의 어디에
끝끝내 감추는 슬픔을 묻으리.

…기형도의 그림자를 그리워하다

슬픔에게

슬픔이여 두 팔을 벌려
눈과 비가 안타까이 몸을 섞는
지상의 눈물을 맞으러 가자.
내 너를 기다려
기꺼이 그립다 말할 수 있고
뜨거운 가슴을 열 수 있으니
우산을 접어 하늘을 펴고
순결한 새 한 마리 날려 보내자.

돌아갈 길을 잃은 슬픔이여
눈물에 질퍽이는 사랑의 흔적이
잠 속의 밤을 더욱 어둡게 하여도
내 너를 쓰다듬어
여린 촛불 다시 밝힐 수 있고
젖은 추억 또한 닦을 수 있으니
단추를 풀어 마음을 개고
아름다운 한 사람을 만나러 가자.

…어둠 속 정호승의 눈동자!

그들의 마을

그해 여름의 찌들은 어촌엔
이따금 꼬막선이 밤바다에 불을 놓고
구멍 뚫린 그물들을 부뚜막에 던졌다, 그물 따라
부뚜막 몽돌 위에 뒹구는 멍게, 숨어 있던 아이들이
일시에 쏟아져 저마다 끼고 있던 소쿠리를 펼쳐
주워 담아 튄다, 먼발치 골목에선
마른 멸치 포대기를 헤집는 그림자
누군가는 뭍에서 양심을 가르치고, 늘 그랬듯이
내일의 기만인 정의를 노래한다
울 엄마가 시켰어요, 뭉툭한 꼬막선 인부의 손아귀에
목덜미를 잡힌 아이는 지난 세월을 모른다
물려받은 유산이라고는
순간을 넘겨야 할 적당한 속임수뿐이었지만
두려움이 순수할수록 엷어지는 유산
학교 선생이라던 정신 나간 남자도 아마
나간 정신 한 귀퉁이쯤은 남겨두었겠지, 그러나
그는 대낮에도 바지를 반쯤 내리고 썩은 생선을 빨며
어쩌면 그가 스스로 주었을 유산을 지켰다
앞서 달아난 세월의 흙먼지가
분노에 엉키어 무더운 산허리를 감아 내렸지만
주린 배가 일러준 망각의 지혜

흙먼지로 떠도는 분노는 무표정하다

못난 꽃에 강간당한 꿀벌도 잊고

널 죽인 하늘 날 죽인 땅

모두 잊어라 그러던 시장 바닥 아줌마는 풀빵을 구웠다

때 묻은 통치마로 알뜰히 가린

쩍 벌려 쭈그리고 앉은 가랑이 사이로

한 잎 두 잎 동전을 짤랑거리며

그날의 서러운 출혈과 맞바꾸었다

나이를 아무리 집어 넘겨도 끊임없이

현재의 목구멍은 아우성

훗날에 깨어날 희망을 속삭이는 자

풀빵이나 팔아달라고

피난길 따라 서울서 흘러왔던 젊은 여자도

서울내기 다마내기 맛좋은 고래대기

졸졸 놀려대는 꼬마들에 아랑곳없이

파리 떼 흩어지는 쓰레기를 헤집고

먹이를 구하고자 분주했었지, 그러한 땡볕 아래

쓰린 항구 훔쳐가는 바다

수평선 너머 아득한 벼랑으로 투신한다

그리고 아이들은 자랐다

밤바다에 불을 놓은 꼬막선에서

경계 어린 눈알의 꼬막선 인부로
자란 아이들은 자라는 아이들의 목덜미를 잡았다
그렇게들 살았다
주린 배가 일러준 지혜, 그네들은 오로지
현재만을 알고 살았다

11월의 곡예

가을이 황망히 버둥거리며 쓸려가는
바람이 불면 보도 위엔 절편처럼 찍힌
낙엽이 메마른 희망을 구기며 저무는
햇살의 빠알간 그리움을 참으려는데
외투에 푹 파묻혀도 떨림이 모자라
언제나 목적지를 잃은 내 그림자는
떠미는 노을에 앙상한 가지로 서서
휘청거리다 맞바람에 숨이 막혀 떠나간
모진 낙엽의 마지막 눈동자를 회상한다.

회상이 깊어 초점이 서서히 흐려질 즈음
머리카락 옷자락 온통 날리며 한 아이가
지평선에 떨어질 듯 위태로이 걸려 있고
아직도 세상 안으로 들어올 줄을 모른다.

휘감는 돌

어째서 이 고정된 형체의 틀 속에
유동성 투명체가 도처에 흐르는가

빛의 속도가 정지된 것처럼 보이는 건
흐물거리도록 딱딱한 껍질 때문이다

안과 밖이 터져 있다는 깨달음에 이르자
너의 시각적 견고함은 생존을 위한 위선

위선이 아니라면 절대적인 천진함이다
시공의 밀도가 이토록 풋풋할 수 없다

존재는 구르지 않고 휘감기는 것이므로
어지러운 심사는 연한 숙면으로 잠기고

한바탕 끔찍한 산사태의 꿈속일지라도
내가 낳은 생명보다 더 너를 사랑한다